Antoine, le justicier

Vanessa Nicol

ISBN: 9791096732067

À tous les enseignants, pour leur courage.

Aux énergumènes, qui leur en font voir de toutes les couleurs.

À leurs parents, qui devraient s'inscrire consulter Super Nanny, mais elle est débordée de travail

Antoine, justicier de l'école

SOMMAIRE

« Pères et mères sont des gens bien curieux. Même lorsque leurs rejetons sont les pires poisons imaginables, ils persistent à les trouver merveilleux. Certains parents vont plus loin : l'adoration les aveugle à tel point qu'ils arrivent à se persuader du génie de leur progéniture. Mais, après tout, ainsi va le monde. »

Extrait de « Matilda » (1988),

Roald Dahl, écrivain,

à lire absolument.

REMERCIEMENTS

Un IMMENSE MERCI à toutes celles et ceux qui m'inspirent, avec leurs récits d'enfants, d'élèves, de classes, leurs rires, leurs désespoirs, leur volonté de tenir toute l'année scolaire, enseignants autant qu'enfants.

1 UNE MISSION, DEUX POSSIBILITES

Après cette année de CE1 très difficile, en raison des énergumènes confiés à mon ancienne maîtresse, Charlotte, et plus particulièrement à cause de Thomas, le champion toutes catégories dans cette spécialité de mon école, je suis heureux de disposer de deux mois de grandes vacances pour me reposer, m'amuser et passer le plus de temps possible avec mes grands-parents que j'adore.

Mémé Léa vit en Nouvelle-Calédonie, où j'habite aussi. C'est une petite île Française, située dans le Pacifique, entre l'Australie et la Nouvelle-Zélande.

Depuis deux ans, Pépé s'est installé chez « les koalas », dans l'état du Queensland. Cet état d'Australie compte les dix premières espèces de serpents les plus dangereuses au monde. C'est d'ailleurs une spécificité locale parmi d'autres, elles sont toutes *endémiques*. Après une période record sous le même toit, quarante années, mes grands-parents ne vivaient plus ensemble d'un commun accord. Ils ont huit enfants et quatorze petits-enfants. C'est la période qui veut ça, même les vieux sont contaminés par la vie chacun de son côté. Et pour être franc, je ne comprenais pas trop l'intérêt de se séparer à cet âge avancé.

Au milieu d'autres nombreuses bizarreries de notre époque, j'aime écouter pépé et mémé me parler de leur jeunesse, qui a assurément été plus dure que la mienne. Et encore plus étrange, lire fait partie de mes activités préférées de repos. Je suis soupçonné d'être une anomalie de mon temps, ce dont je ne doute absolument pas. Je me sens heureux ainsi, et c'est tout ce qui compte, comme me l'ont toujours dit mes parents.

Depuis que je sais lire, je dévore tous les livres de Marcel Pagnol. Dans la bibliothèque du salon, on a tous ses livres. Les reliures sont vieillies et dorées, la collection ressemble à un trésor qui ne demande qu'à être ouvert. Mes favoris sont ses romans de souvenirs d'enfance dans le sud de la France : *La gloire de mon père* et *Le château de ma mère*. Cet été, je vais me plonger dans *Jean de Florette* et *Manon des sources*. Ensuite, je les regarderai en films, mes parents les téléchargeront sur Internet. Il y manquera certainement plein de détails, mais c'est quand même bien de pouvoir comparer les personnages du film à ceux que je m'étaient imaginés en lisant les romans.

J'avoue avoir du mal à comprendre les enfants qui ne lisent pas. C'est tellement magique d'entrer dans un monde qu'on ne connaît pas, de se laisser transporter, de vivre l'histoire de quelqu'un d'autre, à travers les yeux d'un personnage qu'on connaît de mieux en mieux, au fil des pages et de ce qu'il veut bien nous raconter. C'est un rendez-vous, tous les jours, avec *l'exaltation*, le bonheur, les émotions, la beauté des mots, l'imagination …

Parmi ce programme chargé, je me suis assigné une mission : me sortir de cette fichue école publique, pleine d'énergumènes, que je ne veux pas avoir à supporter une seule année de plus. Mon calvaire n'a que trop duré depuis la petite section.

Pour y parvenir, j'ai identifié deux moyens possibles même s'ils sont compliqués :

- <u>Plan A : Convaincre ma mère de m'inscrire dans une école privée.</u>

Ce sera la première difficulté pour que mon plan aboutisse. Elle est formellement contre, mais avec l'aide précieuse de mes grands-parents, tout demeure possible. La deuxième difficulté est que je ne veux pas laisser Lisa toute seule. On n'abandonne pas une véritable amie dans une telle galère. Elle devra donc convaincre ses parents divorcés. Mais en sachant que c'est surtout sa mère qui décide, et qu'elle est parfois encore attristée par sa séparation, Lisa pourrait bien profiter d'un moment de faiblesse. Depuis un an, le divorce de ses parents a forgé son caractère, et elle est devenue absolument redoutable en négociation.

- <u>Plan B : Et si cela échouait, partir rejoindre Kenzo.</u>

Il était arrivé du pays du Soleil levant, le Japon, en cours d'année dernière, dans ma classe. Il m'a assuré que les énergumènes comme Thomas, mon pire cauchemar depuis la petite section, n'existent pas dans les écoles *nipponnes*.

Je ne doute pas de ce que vous pensez en me lisant : Antoine a complètement perdu la tête, il a « craqué son slip ! », comme disent les ados que j'entends sur Disney Channel.

Pour l'option Japon, ce n'est pas faux. Surtout que je ne parle pas un mot de japonais. Par contre, Kenzo a réussi à apprendre le français. Mais il est peut-être plus doué que moi pour les langues étrangères. Et pour cette option, mon principal problème est que je ne sais pas comment un enfant de huit ans peut partir si loin sans ses parents.

Et maintenant, vous vous dîtes certainement que je n'ai pas de cœur de vouloir quitter mes parents, que je suis un gamin monstrueux et sans reconnaissance envers ceux qui m'aiment. En fait, je les aime aussi énormément, mais ils ne sont pas très compréhensifs. Ma mère est psychologue scolaire et défend toujours les énergumènes. Elle éprouve de la compassion pour eux, de l'empathie, moi pas du tout, aucune. Quant à mon père, il dirige une grosse entreprise, « un business » comme il dit, donc il laisse sa femme décider de tout en ce qui concerne mon école ou la crèche de ma sœur. Quant à cette petite dernière, elle va bientôt souffler ses deux bougies. Elle est donc trop jeune pour se rappeler de moi si je pars de la maison, donc inutile de s'en inquiéter, cela ne l'affectera pas. Par contre, plus j'attends, plus elle va s'attacher à ma présence. Disons que si mon plan B venait à se réaliser, il faudrait que ce soit avant ses quatre ans.

Mes parents et leurs amis m'ont souvent répété que je suis un enfant très indépendant :

-A l'âge de la marche, un an environ, je me dirigeais systématiquement le plus loin possible de ma mère. Je la laissais discuter avec ses copines sur la plage, pendant que les autres petits jouaient tranquillement sur le sable. Malheureusement, il y avait toujours une âme bienveillante pour freiner mes élans d'aventurier et me ramener auprès des miens.

-A deux ans, vers cinq heures du matin, alors que tout le monde dormait profondément, j'ai ouvert la serrure de l'entrée de chez moi et me suis échappé pour rejoindre un copain de quartier, fils d'une amie de ma mère. J'ai marché environ cent mètres, franchi un portail en en écartant les deux battants, affronté les léchouilles de deux dobermans, et attendu au bord de la piscine que quelqu'un se réveille.

-Très téméraire, je traversais une piscine de dix mètres de long dès l'âge de deux ans et demi, ce qui effrayait tous ceux qui me voyaient sauter à l'eau, pensant que j'allais me noyer. On ne compte plus le nombre d'adultes qui ont sauté tout habillé dans les piscines pour me porter secours.

-A quatre ans, au zoo, j'ai décidé de ne pas suivre mes parents, les abandonnant devant un corbeau visiblement très intelligent, j'ai continué la visite avec une autre famille fort sympathique.

-A cinq ans, lors d'un voyage en Nouvelle-Zélande, ma mère et Mémé Léa ont été contraintes de m'attacher à une laisse pour chien, tant je ne pensais qu'à m'enfuir pour explorer les environs par moi-même.

Je n'ai pas grand souvenir de toutes ces aventures, mais mes parents et leur entourage ont toujours été fascinés par ma capacité à me volatiliser et mon indépendance affirmée dès le plus jeune âge. Maintenant que vous me connaissez un peu mieux, vous comprenez pourquoi rejoindre Kenzo au Japon ne me semble pas être un objectif insurmontable. En vous racontant tout cela, je me rends compte que d'une certaine façon, je suis moi aussi un énergumène.

Durant les grandes vacances, j'ai été confié en garde alternée chez mes grands-parents : deux semaines chez Mémé Léa et deux semaines chez Pépé en Australie.

Chez Mémé, on a eu beaucoup de discussions concernant les énergumènes. Je lui ai raconté ce qu'ils se permettaient de dire ou de faire dans mon école : insulter les maîtresses, déranger la classe, refuser d'apprendre, courir tout nu, voler les goûters dans nos cartables, nous frapper, terroriser les filles …

À son époque, aucun enfant ne s'amusait à répondre aux adultes ou à être insolent. Les enseignants étaient très sévères et le directeur un *tyran* avec les élèves. Ils avaient le droit de punir, un passage chez le grand chef aurait été désastreux pour leur retour à la maison, ce qui participait à faire régner l'ordre dans les classes. Les adultes étaient craints. Aujourd'hui, c'est l'inverse dans mon école, les enfants ne craignent personne et défient tous les adultes sans aucune retenue.

J'aurai aimé vivre à cette période, celle de ma grand-mère, même si écrire avec une plume et un encrier semblait difficile, qu'il n'y avait pas d'ordinateur ou de smartphone, et que certains enseignants abusaient parfois de leur statut pour réprimander trop fortement les enfants. Mais au moins, tout le monde était obligé de travailler à l'école, et ceux qui voulaient en faire plus étaient des héros, pas des extra-terrestres comme aujourd'hui. Amusez-vous à demander du travail en plus, quand vous avez fini, tandis que les énergumènes en sont encore à la première ligne ! Mieux vaut dessiner en attendant, plutôt que d'être moqué et maltraité toute l'année.

En Australie, j'ai passé deux semaines chez mon Pépé. Il avait une bananeraie qui fournissait une bonne partie du Queensland. Il travaillait beaucoup, mais affirmait que c'était justement le travail qui le conservait dans une forme olympique.

Le premier jour, on a chaussé de grandes bottes pour visiter la plantation.

- Pépé, pourquoi on doit mettre des bottes aussi hautes ?

- A cause des serpents ! Il y en a beaucoup par ici, et elles t'éviteront d'être mordu. Tes parents ne me pardonneraient pas de te renvoyer en Nouvelle-Calédonie dans un cercueil.

- OK ! Ce n'est pas rassurant !

- Sais-tu combien d'espèces de serpents sont mortelles instantanément pour l'humain ?

- Non ?

- Dix. Et elles vivent toutes dans l'état du Queensland ! Il y a aussi les Redback spiders, l'araignée veuve noire à dos rouge, la plus dangereuse du pays. Son poison est mortel, mais il existe un antidote.

- Pépé, tu es fou de vivre dans un endroit pareil ! C'est vrai qu'il y a des crocodiles aussi ?

- Oui, ils sont dans le fleuve, non loin de la plantation. Mais tu vas voir, pour survivre, il faut juste être bien protégé. Et regarde-moi, je suis toujours vivant depuis deux ans que je vis ici. Tiens, mets ces gants et suis-moi de près.

Je comprends mieux d'où me vient mon indépendance et mon caractère aventurier. C'est héréditaire !

2 YES, THANK YOU

Dès le lendemain de mon arrivée dans le Queensland, j'ai pris l'habitude de sortir couvert de mes hautes bottes, et de gants en cuir très épais, pour jouer dans le jardin.

En fait, je ne comprenais pas un mot de ce que me demandait Anne, la femme qui vivait avec Pépé. Elle avait une très jolie voix, ses paroles formaient une agréable mélodie dans mes oreilles, mais je ne parlais pas un mot d'anglais, et elle pas un mot de français. Pépé partant très tôt travailler, je n'avais personne pour traduire, donc, pour être poli, je répondais systématiquement, « yes, thank you » ou « yes, please ».

- Darling, what do you prefer for breakfast ? Toasts of bread with jam or ham ? (Traduction : Chéri, que préfères-tu ? Du pain toasté avec de la confiture ou du jambon ?)

- Yes, please. (Oui, s'il-vous-plait)

- And for drink ? Milk or tea ? (Et en boisson ? Du lait ou du thé ?)

- Yes, thank you very much. (Oui, merci beaucoup.)

Mes réponses n'étant pas vraiment claires, Anne m'a servi ce qui lui plaisait le plus. Et comme elle n'a jamais eu d'enfants, cela lui paraissait logique.

J'ai donc dû me résoudre à améliorer très rapidement mon anglais, si je ne voulais pas manger de la charcuterie accompagnée de thé à l'hibiscus, pendant quinze jours au petit-déjeuner, et des sandwichs à la Vegemite (une pâte noire trop salée), chaque midi dans ma lunch-box ! Je dois vous avouer que ce thé était absolument imbuvable, mais je me suis forcé pour lui faire plaisir. Elle semblait en raffoler, je ne voulais pas la vexer. Quant au Vegemite, c'est une pâte à tartiner australienne, qui ressemble au Nutella, mais qui a un gout infâme !

Par chance, le cinquième jour, on est allé faire les courses dans un immense supermarché, où les aliments pour animaux sont vendus au milieu de ceux pour humains - étrange disposition, à moins que dans ce pays les animaux ne soient considérés à l'égal des humains– et j'ai pu mettre un paquet de corn flakes dans le caddie. Au petit-déjeuner suivant, Anne me les a préparés avec des rondelles de bananes de Pépé et du miel de la propriété voisine. Un délice ! Depuis, j'ai importé cette recette chez moi.

Un dimanche, nous sommes allés à la plage. Il ne fallait surtout pas se baigner, c'était la pleine saison des méduses mortelles, les Jelly Fishes. Drôle de pays tout de même ! Par contre, j'ai eu la chance de nourrir des iguanes, qui se promenaient en toute liberté sur l'herbe où nous avons pique-niqué ! Au loin, j'ai cru apercevoir Lisa, dans un maillot bleu turquoise, une étoile de mer à la main. Mais je savais qu'elle était avec son père au Vanuatu. Je lui dirai qu'elle a un sosie en Australie ! D'après Pépé, qui est toujours très informé, on aurait chacun sept sosies dans le monde. Je me demande si le caractère va avec, ou si c'est uniquement physique ? En parlant des énergumènes, Pépé m'a donné un conseil : faire plus ample connaissance avec Thomas, l'inviter à dormir chez moi, en espérant qu'il fasse de même. Je pourrai ainsi mieux le comprendre en découvrant son milieu. Après tout, ma mère avait peut-être raison, il avait certainement des circonstances atténuantes. On verra, je ne suis pas encore certain d'y parvenir.

Pépé m'a raconté également avoir sauvé la vie d'un vieux monsieur, qui s'était fait emporté par la forte houle, pendant cette saison mortelle. « He saved his life ! (Il lui a sauvé la vie !) » Anne ne cessait de répéter à quel point mon pépé est un homme « marvelous (merveilleux) and so brave (très courageux) ». Elle était en admiration devant lui, comme une fan devant son idole de jeunesse ! J'ai alors compris qu'elle était bien plus que celle qui prenait soin de lui, elle était sa nouvelle femme. Comme quoi, même âgé on peut refaire sa vie après quarante ans de couple et huit enfants !

Le plus drôle, c'était au volant . Elle s'exclamait « Oh darling ! Oh honey ! You are such an excellent driver, like a pilot de Formule 1, right from Monaco ! (Oh chéri ! Oh mon doux ! Tu es un excellent conducteur, comme un pilote de Formule 1, en direct de Monaco !) » en se tournant vers moi, avec un petit sourire pincé de coquetterie, le regard empli d'amour pour mon grand-père. Il semblait heureux, et je le voyais rajeunir de jour en jour ! Moi, j'étais au bord du vomissement sur le siège arrière, tant les mouvements de la voiture étaient brusques à chaque virage ! Enfin, c'est beau l'amour, même à soixante-dix ans.

3 LES POISSONS ROUGES

J'ai longuement discuté de mes plans avec Pépé : quitter mon école d'énergumènes pour une école privée, ou partir vivre avec Kenzo.

Il semblait parfaitement d'accord avec moi, ma mère n'allait pas être facile à convaincre, d'autant plus que ces écoles sont très coûteuses, et que mes parents ne sont pas riches. Et puis, pourquoi payer l'école lorsqu'elle est gratuite juste à côté de la maison ? Pour clore notre discussion sur ce sujet, il m'a répété ce qu'il m'avait dit sur la plage, je devais mieux comprendre Thomas et faire connaissance avec lui.

Quant au Japon, cela lui semblait être la meilleure solution, bien qu'absolument irréalisable, sauf si les parents de Kenzo et les miens tombaient d'accord, et tout cela sans se connaître, avec Skype comme seul moyen d'échange, et la barrière de la langue. Cependant, il me promit de parler à sa fille, pour lui expliquer mon calvaire de vive voix, et trouver la meilleure solution. Je me sentis très rassuré d'avoir Pépé comme allié. Il était extrêmement compréhensif. Entre aventuriers, on se comprend !

Quelques jours avant mon départ, alors qu'on regardait les informations en français à la télévision (il avait conservé son abonnement Canal satellite, pour ne pas être coupé de la culture française, ce qui m'arrangeait aussi, pour Disney Channel, évidemment !), un fait divers vint ébranler à tout jamais une partie de mes projets.

- La journaliste : Une mère a été interpellée mardi au Japon pour avoir forcé sa fille adolescente à avaler plus de 30 poissons rouges, a-t-on appris mercredi auprès de la police et des médias, **nouvel exemple de maltraitance infantile au Japon.** Elle ne s'occupait pas assez bien des poissons. Yuko Ogata et son compagnon Takeshi Egami, qui a également été arrêté, trouvaient apparemment que la victime ne s'occupait pas bien des poissons, ont rapporté des médias locaux. Ils ont alors contraint leur fille à les manger, un par un.

4 LE LANCER DE POIDS

La semaine suivante, de retour avec mes parents, après deux petites heures d'avion, je me suis bien gardé d'évoquer mon désormais vieux rêve d'aller vivre au Japon. Aux oubliettes l'aventure nipponne ! Mieux valait rester seul, à tourner en rond dans mon bocal, avec des énergumènes qui roderaient autour de moi comme des requins blancs sans cervelle, plutôt que de me risquer au sashimi de poissons rouges vivants ! Comme le dit souvent ma très chère mère, « on pense souvent à tort que l'herbe est plus verte dans le pré voisin. »

Il fallait donc que je me concentre sur la première possibilité : convaincre ma mère, et celle de Lisa, de nous inscrire dans la même école privée. J'ai recherché sur Google tous les établissements possibles. Leurs arguments me faisaient rêver, tant ils étaient tous plus beaux les uns que les autres !

Voici les trois écoles que j'ai retenues :

- « **La Bélécole** : pour vous aider à réaliser vos rêves ! »
  Mon rêve, c'est qu'il n'y ait pas d'énergumènes, une école triée. Toi oui, toi non, lui ok, elle surtout pas… Il faudra que je pose la question par email.

- « **James Cook International School** : notre équipe disponible, soucieuse du bien-être de votre enfant, veille à l'accompagner tout au long de sa scolarité. »
  Why not ? I speak English a little bit now ☺.

- « **La petite école qui regarde la montagne** : une école dans la nature, qui respecte celle de chacun. »
  Surtout pas, ça sent les enfants rois en tout genre à plein nez ! Après avoir éviter la mort par indigestion de poisson cru, j'aime autant ne pas tendre le bâton pour me faire battre !

Pépé avait 'skypé' avec ma mère, et elle se montra plus compréhensive que de coutume, ou du moins à mon écoute. Je lui ai présenté le résultat de mes recherches. Elle n'avait même pas connaissance de ces écoles, ou vaguement, et ne leur accordait aucune confiance.
Donc affaire close, fin du plan A ! Je devrai donc retourner à mon calvaire.

Comme ma mère m'a expliqué, et je la comprends, ce serait quand même un comble de devoir payer pour apprendre à cause de quelques énergumènes qui me pourrissent l'existence et empêchent les élèves bien élevés de travailler. C'est justement le problème principal maman !

Désespéré, je me suis confié de nouveau à mon grand-père. Comprenant que je n'en démordrai pas, il m'a donné une idée de génie cette fois-ci, mais il fallait que je m'entraîne.

Il ne me reste plus que deux semaines avant ma rentrée en CE2. Alors au boulot ! Je devais apprendre à soulever de terre un paquet de trente-cinq kilos, le faire tournoyer au-dessus de ma tête, à bras levés, pour l'envoyer valser le plus loin possible dans les airs. Tout seul, c'était impossible puisque je pesais moi-même trente kilos lors de ma récente visite médicale. Eurêka ! Il faut qu'on s'exerce à deux avec Lisa. Avec nos forces réunies, on arrivera bien à donner une bonne leçon à ces imbéciles.

Avant la rentrée, on s'est donc retrouvés tous les jours à heure fixe, pendant une semaine, dans mon garage. On s'est entrainés à tourner ensemble, au même rythme, et à simuler un lâcher au bout de cinq tours complets sur nous-mêmes. On ne tenait pas à finir écrabouillés, sous trente kilos d'idiotie, le jour où on le ferait en vrai. Pour remplacer le corps de notre future victime (ce ne serait que de la légitime défense), on a tout simplement pris le sac de boxe de mon père. Une fois le bon rythme trouvé, j'ai posé des matelas gonflables par terre, à deux mètres, puis trois, puis quatre. Cela permettait d'amortir le bruit de la chute du sac, pour que mes parents ne s'inquiètent pas. En sept jours, nous étions au point, prêts à nous défendre en cas d'attaque d'énergumènes.

5 LE JUSTICIER DE L'ECOLE

Antoine, justicier de l'école

Et le jour tant redouté est arrivé : la rentrée des classes, pour la sixième fois de ma vie. Grâce aux entraînements, je me sentais plus sûr de moi.

J'ai demandé à mes parents de bien vouloir me laisser y aller seul, ou plutôt avec Lisa. Sur le chemin de l'école, nos rires nous ont fait oublier l'angoisse de revoir les énergumènes. On s'est remémorés les pires moments de l'année dernière et on a terminé notre discussion bien décidés à ne pas nous laisser abattre :

Lisa : Cette année, ils ne vont pas faire la loi à l'école ! Je te le dis ! On va prendre le pouvoir, puisque Mme Molène, la-directrice-qui-ne-sert-à-rien, et les maîtresses, sont incapables de gérer la situation !

Antoine : Je suis bien d'accord. C'est pour ça qu'on s'est entrainés au lancer de poids. Et s'ils touchent à l'un de nous deux, on se fera justice nous-mêmes. Parler aux adultes de l'école est inutile, ils ne peuvent que les poser sur un banc pendant cinq minutes. Si ça changeait quelque chose, depuis le temps, on le saurait ! Par contre, mon grand-père m'a conseillé de faire plus ample connaissance avec Thomas, pour essayer de comprendre les raisons de son comportement.

Lisa : Il est fou ! On voit qu'il ne le connaît pas. Tu veux mourir jeune, toi ?

Devant l'école, première mauvaise nouvelle : Lisa et moi sommes séparés, dans deux classes différentes de CE2. Elle avec Maîtresse Monique, et moi avec Maîtresse Linda.

Je me suis installé à un bureau au fond de la classe, pour pouvoir bien observer les entrants et repérer les énergumènes. C'est facile, tu regardes comment ils se comportent. Leurs prénoms sont aussi de bons indices :

- Thomas n'a pas pointé le bout de son nez (Il est avec Lisa la pauvre).
- Saturne est très sale, je lui ai fait signe de s'installer loin, très loin de moi (Il sentait fort le gosse pas changé depuis des jours, il a dû refuser de quitter ses vêtements pour en mettre des propres, c'était déjà pareil en CE1).
- Zlatan (Prénom emprunté au célèbre footballeur, Zlatan Ibrahimovic, et non « Ibrahimouich », comme l'a dit François Hollande, le

Président de la République). Le Zlatan de mon école ressemble plus à un catcheur, ou à un joueur de rugby, avec ses grosses cuisses et ses bras musclés.

- Perle (Sérieusement, comment peut-on appeler son enfant comme ça ?! On dirait le nom d'un chat).

- Elliott (Même genre que Thomas, sans gêne et insolent).

- Kimberley (Elle n'a pas quitté les genoux de Maîtresse Linda de toute la matinée).

Dès la première recréation, j'ai fait un rapport à Lisa. On était assis sur un banc pour que je lui montre du doigt les spécimens de ma classe. Je lui faisais le portrait de Kimberley, quand « Boum » !, Zlatan nous a foncé droit dessus. On s'est retrouvés par terre, les quatre fers en l'air, couverts de poussière et d'égratignures, blessés par les cailloux de la cour. Mais notre rage de colère nous a fait oublier la douleur.

Les maîtresses de surveillance n'ont rien vu, tant mieux !

Le catcheur s'est posté devant nous, triomphant, mort de rire, le regard mauvais.

J'ai regardé Lisa, et là tout est allé très vite.

Nous nous sommes redressés, on l'a soulevé de terre de toutes nos forces – c'est qu'il était très lourd l'énergumène - et on a tourné cinq fois sur nous-mêmes, comme aux entraînements.

C'était magique ! Premier jour, première récré, et on le faisait déjà pour de vrai !

Quand on l'a 'zlatané' dans les airs, je me suis senti léger comme une plume, soulagé d'un poids immense, au sens propre comme figuré. Après toutes ces années à subir, je me suis vengé sur lui, pour tous les autres. Désolé pour Zlatan, mais il l'avait bien cherché !

Il a hurlé pendant tout son vol plané, s'est étalé comme une crêpe sur le sol de graviers, pas très loin de nous, deux mètres à peine, mais c'était pas mal pour un premier essai. Il s'est assis, a craché une dent de devant avec quelques cailloux et de la poussière. Quand il a réalisé ce qu'il venait de lui arriver, il s'est mis à pleurer si fort que les autres élèves et les maîtresses ont accouru vers lui.

On s'est tous les trois retrouvés à l'infirmerie, avec Mme Molène, qui nous a fait la morale :

- C'est PAS bieeeeeen les enfants, il ne faut PAS faire ça, vous devez en parler à un adulte présent dans la cour quand il y a un problème entre vous. C'est bien compris ?

- Oui, Madame la Directrice, lui ai-je répondu.

Lisa a acquiescé poliment.

- Et heureusement que ce n'est qu'une dent de lait qu'il a perdu ! Vous imaginez la tête de ses parents sinon ?

Zlatan baissait la tête. Il avait très peur de nous. Au moins, il ne recommencera pas de sitôt.

À la cantine, des grands de CM2 faisaient rouler des billes sur les tables. Le bruit était insoutenable. Ils n'écoutaient rien des hurlements de la cantinière. L'après-midi, elles ont été confisquées dans toute l'école. Une interdiction de plus à cause d'eux ! En résumé, on n'a plus le droit d'apporter des billes à l'école, des jouets ou des jeux personnels parce qu'on pourrait se les faire voler. Il est également interdit de courir et de jouer au loup ou au ballon dans la cour pour éviter les blessures par collision.

En rentrant de cette première journée exécrable d'école, je me suis étalé sur le canapé, découragé ! Inviter un énergumène chez moi, non mais quelle idée saugrenue ! Ma mère n'était pas encore revenue des courses.

J'étais seul dans la maison. Personne à qui parler de mes malheurs. Cette année s'annonçait pire que les autres avec Thomas, Zlatan et Elliott. Un magazine était ouvert sur la table du salon. Le titre m'a tout de suite captivé :

« A l'école, les parents sont devenus un problème.

C'est la rentrée, et des enseignants dénoncent l'attitude de certains parents. Démissionnaires, interventionnistes, râleurs... des parents collectionnent déjà les mauvais points !

Madame Y, directrice d'école depuis 12 ans, connue de la rédaction mais ayant demandé l'anonymat pour éviter des problèmes avec certains parents d'élèves:

" Comment gérer ces parents démissionnaires ou, à l'inverse, ceux qui multiplient les *ingérences* jusqu'au harcèlement ? Jamais ils n'acceptent un dérapage de leur enfant-roi et rejettent la faute sur l'école." »

Et là, Eurêka ! Je serai Monsieur J, J comme Justicier. Je me suis installé devant l'ordinateur. Il fallait frapper fort, dès le début de l'année. Pas de demi-mesures. J'ai toujours rêvé d'être comme Robin des bois. Mon bâton sera le clavier, les mots seront cinglants, mais justes. Ce sera mon métier d'élève : justicier de l'école. Je me suis régalé à écrire sur chaque énergumène. J'y ai mis toute mon imagination. Voici les 'mots doux' que je collerai dans leurs cahiers de liaison, demain midi, pendant la cantine :

Chers parents,

Après avoir fait tous les tests possibles l'année dernière, **Thomas** n'est ni précoce, comme vous le pensiez, ni hyperactif. Il est simplement hypo éduqué, par vous.

Merci de faire le nécessaire,

Monsieur J.

Chers parents,

Le seul exploit que **Zlatan** ait accompli aujourd'hui, est de se faire détester de tous les élèves l'école, après leur avoir foncé dessus aux recréations. Dix blessés au total ! Sa profession ne sera certainement pas footballeur professionnel et millionnaire, mais catcheur et pauvre d'esprit.

Merci de votre compréhension,

Monsieur J.

Chers parents,

Perle est très appliquée, elle met une heure à recopier une leçon, quand les autres, même les plus lents, ont tous terminé en vingt minutes. Il faudrait penser aux vitamines le matin.

Merci de votre compréhension,

Monsieur J.

Chers parents,

Une belle reprise pour **Elliott**, il a été puni six fois le matin, et seulement quatre l'après-midi.

Merci de votre compréhension,

Monsieur J.

Chers parents,

Kimberley est très attachante, mais faire des câlins à tous ses camarades ne remplacera jamais le manque d'affection de ses parents.

Merci de votre compréhension,

Monsieur J.

Chers parents,

Saturne a eu les cheveux gras toute l'année dernière et aujourd'hui encore.

Les omégas 3 lui seraient plus utiles dans son assiette, pour son cerveau, que sur son crâne. Aussi, changer et laver ses vêtements tous les jours nous permettrait de mieux respirer dans la classe.

Merci de votre compréhension,

Monsieur J.

J'ai tout imprimé et découpé, prêt à mettre mon plan à exécution.

Le lendemain, je n'en ai surtout rien dit à personne, même pas à Lisa.

Je pense qu'à force de côtoyer des énergumènes depuis la petite section de maternelle, j'en deviens un moi aussi ! Sauf que c'est pour la bonne cause. Il faut bien que quelqu'un leur dise leurs quatre vérités, à ces parents qui font n'importe quoi avec leurs enfants.

Et je l'ai fait. Le midi, pendant qu'ils faisaient tous la queue pour manger, j'ai collé les mots dans leurs cahiers de liaison.

Mon devoir accompli, je me suis senti soulagé et d'humeur joyeuse, comme délivré d'avoir pu dire aux parents ce que je pensais de leurs petits protégés. J'ai dévoré le contenu de mon plateau de cantine de bon appétit. Pour tout vous dire, je me suis resservi trois fois des saucisses de poulet. Thomas était encore au coin, il avait jeté son plateau de colère. La cantinière l'avait forcé à prendre des carottes râpées ! Mais qu'est-ce qui ne tourne pas rond chez lui ? Alors je me suis décidé à l'inviter à dormir chez moi. Ma mère serait ravie, j'en suis certain, elle verra cela avec le regard bienveillant qu'elle a toujours eu pour les énergumènes. Thomas était extrêmement surpris, comme je m'y attendais, et je l'étais tout autant d'avoir franchi ce pas.

En rentrant, j'ai demandé à ma mère si elle en était d'accord, et sa réaction a été celle escomptée :

- Bien sûr mon chéri, je suis très fière de cette initiative, cela veut dire que tu sais mettre le passé de côté et pardonner. Il viendra donc dormir chez nous samedi soir, on lui installera un matelas dans ta chambre.

Le lendemain matin, il y avait une file de parents devant le bureau de Mme Molène. Certains avaient l'air franchement furax. Ils tenaient la main de leur cher petit, comme pour les protéger. La directrice semblait déconfite et embarrassée. Elle a fait entrer tous les parents dans la salle de réunion. Ils y sont restés une bonne heure. Ensuite, les enfants ont rejoint leur classe. Mme Molène est passée dans chaque classe de CE2 pour nous dire ceci :

- Bonjour les enfants, bonjour Maîtresse Linda, restez assis, je n'en ai pas pour longtemps. Voilà, ce que j'ai à vous expliquer est délicat, donc je vous demande d'y être attentif. L'un d'entre vous a écrit des mots signés « Monsieur J » et les a collés dans le cahier de liaison de ses camarades.

Tous les enfants non concernés ont pris un air étonné, moi aussi. Et elle a poursuivi :

- Ceci est très grave et ne devra se reproduire sous aucun prétexte. Sinon, nous mènerons une enquête pour savoir qui est Monsieur J, et croyez-moi, nous le démasquerons. Réfléchissez-bien à vos actes, les mots qui ont été donnés aux parents les ont blessés. Bonne journée. »

J'ai compris que ça ne changerait rien pour le moment. Il faudrait trouver d'autres actions, et surtout, si ce Monsieur J. ne voulait pas être dévoilé, il devrait penser à supprimer ce qu'il a écrit sur l'ordinateur de ses parents.

6 ABOULE LE FRIC, SOURIS !

Dès le lendemain de l'intervention de Mme Molène, un changement a eu lieu dans notre classe.

Maîtresse Linda a mis en place un quart d'heure de méditation, à chaque retour en classe : soit elle lisait une méthode de relaxation, *Les histoires de Mélisse, la fée luciole*, soit elle nous faisait écouter *Calme et attentif comme une grenouille*. Et les enfants terribles ont été vraiment plus sages. Ils étaient plus calmes. Certains allaient même jusque s'endormir en classe, la tête dans les bras sur le bureau. Au moins, on ne les entendait plus, et j'avais la paix !

Mais cela n'a duré que trois semaines. Maîtresse Linda a été interdite de temps de relaxation pour ses élèves, par la mère de Jade. Elle n'était pas d'accord sur le temps de travail perdu pendant la méditation, et a envoyé un courrier à l'inspecteur, qui lui a donné raison. C'est bien dommage, parce que pour une fois, l'ambiance de la classe était devenue vivable ! Cela n'a en aucun cas perturbé la saleté de Saturne, la lenteur de Perle et le manque d'amour de Kimberley, mais au moins, un semblant de sérénité avait enfin gagné la classe.

La relaxation s'est donc arrêtée, et les terribles ont recommencé à nous empêcher de travailler, à nous violenter dans la cour, à nous énerver, à m'exaspérer.

Mon petit doigt me dit que Monsieur J va sévir de nouveau ! Je ne sais pas encore quand, mais ça viendra. Encore une fois, les adultes ne comprenaient rien et ma vie à l'école frisait l'insupportable. Je subis des journées entières à entendre la maîtresse gronder et faire la morale aux énergumènes.

Un après-midi, on a fait un travail génial ! Notre maîtresse nous a appris à construire un cube avec du carton et de la colle. On a tracé le patron du cube, avec un gabarit, puis on l'a découpé et assemblé. Une fois le tout solidement collé, le chef-d'œuvre a été décoré par nos soins. Cette boîte était pour La petite souris, quand on allait perdre d'autres dents de lait. J'en avais déjà perdu quelques-unes. Mais le dentiste qui est venu dans la classe m'a expliqué que d'autres tomberaient jusqu'au collège.

Je me suis beaucoup appliqué, Jade aussi. Il fallait faire plaisir à La petite souris. On devait écrire un mot, une phrase ou une expression de notre choix sur la boîte. Celle de Saturne était complètement engluée, si bien que ses doigts restaient collés dessus, sans qu'il puisse la décorer. Celle de Zlatan était déjà aplatie comme une crêpe, il devait tout recommencer. Perle était encore au découpage. Mener ce travail à son terme était pour elle très fastidieux, je lui ai donc proposé un coup de pouce, qu'elle a accepté avec plaisir.

- Maîtresse Linda : Est-ce que vous avez des propositions de messages à écrire sur votre boîte pour La petite souris ?
- Jade : Merci Petite souris !
- C'est très poli, écris-le au tableau, pour ceux qui veulent le recopier.
- Kimberley : Je t'aime Petite Souris.
- Oui, c'est mignon. Ecris-le au tableau.
- Zlatan : Aboule le fric souris !

Toute la classe est partie dans un énorme fou rire.

- Euh ! Ce n'est ni poli, ni mignon, ni gentil. Il faudra que tu trouves autre chose, ou que tu recopies un des messages de tes camarades au tableau.

Quand la cloche a retenti, j'ai attendu Thomas à la sortie pour lui rappeler notre rendez-vous et lui donner le numéro de téléphone de ma mère pour les formalités organisationnelles du lendemain. Il s'en rappelait fort bien et me salua très gentiment.

À mon grand étonnement, on a passé une soirée géniale, il était méconnaissable, sage et poli avec mes parents, adorable avec ma petite sœur et serviable avec moi. Je n'en croyais pas mes yeux. Au petit matin, j'ai été extirpé de mon lit par des cris de colère. C'était mon père, Thomas avait déniché le seul feutre indélébile de la maison et dessiné son prénom en graffiti sur le canapé en tissu couleur crème. C'est mon père que je ne reconnaissais pas cette fois-ci, il était dans un état de rage folle ! Le garnement restait bien tranquillement attablé en dégustant mes céréales, tandis que toute la famille l'observait, sous le choc. Il a simplement daigné répondre :

- Mais je ne savais pas que c'était interdit.
- Comment ça tu ne le savais pas ? Tu fais ça chez toi ?, cria mon père.
- Ben oui, partout, on dessine partout. C'est une maison de l'expression chez moi.

Mes parents n'en croyaient pas leurs oreilles. Et cerise sur le gâteau, ils m'ont reproché de ne pas l'avoir suffisamment surveillé. C'est que non seulement je dormais, mais en plus je n'étais plus sur mes gardes après sa prestation remarquable d'enfant 'sage-comme-une-image' de la veille. Qu'est-ce qu'il a ce gamin ? C'est la réincarnation de Docteur Jekyll and Mister Hyde ? En même temps, si c'est autorisé chez lui, je le comprends. Ses parents n'ont jamais accepté de rembourser le canapé et mon père a interdit tout énergumène à la maison. Ma mère a disposé un plaid sur l'œuvre de street art pour la cacher en attendant de racheter l'objet dégradé par Thomas.

Quelques semaines après cet épisode fâcheux, j'ai perdu une dent de lait. Je l'ai mise dans ma boîte, sur laquelle j'avais inscrit « Petite souris, merci et bonne nuit ! » Et je l'ai délicatement posé sous mon deuxième oreiller, à côté de moi, pour ne pas l'écrabouiller dans la nuit. J'allais devoir faire attention à ne pas trop gigoter en dormant.

D'après mes parents, je bouge beaucoup quand je dors. Quand j'étais petit, et que j'allais dormir au milieu de mon père et de ma mère après un cauchemar, ils finissaient par se réfugier dans mon petit lit, tellement c'était impossible de fermer l'œil ! Je donnais des coups de poings, de pieds, je me tournais brusquement, et leur prenais toute la couverture.

Les yeux à peine ouverts, j'ai glissé ma main sous mon oreiller, attrapé ma boîte, qui était toujours en forme de cube, à peine un peu cabossée sur un côté, ouf ! Je me suis mis sur le dos, l'ai secoué, ça faisait un bruit de métal, puis l'ai ouverte, il y avait deux grosses pièces à l'intérieur. Cool ! J'ai fourré le tout dans mon cartable, avant de prendre un bon petit déjeuner. Ma mère m'avait sorti des corn flakes, une banane, du miel et du lait froid. Hum ! En avalant ce délicieux mélange australien, je me demandais ce que j'allais faire de cet argent ! Le garder ? Non. Offrir une barre de céréales à Lisa ? Peut-être, on verra. Acheter une sucette au magasin sur le chemin de l'école , celle avec un chewing-gum au milieu ? Oui !

Arrivé à l'épicerie, j'ai choisi deux sucettes, goût cola. Une pour Lisa, l'autre pour moi. J'allais payer quand j'ai lu le gros titre du journal sur le comptoir de l'épicier : ***Parents harcelés, malmenés, maltraités.*** J'ai immédiatement reposé les sucettes, tant pis pour les bonbons, ça attendra une prochaine dent de lait.

En marchant, j'ai croisé Lisa, et lui ai lu ceci :

« **Parents harcelés, malmenés, maltraités**

Une douzaine de parents harcelés, malmenés, maltraités par leur progéniture se retrouvent chaque semaine à l'hôpital public pour en parler. Chez eux, leur enfant a pris le pouvoir. « C'est une lutte au quotidien pour que la maison reste ma maison. Chaque jour, je dois rappeler à mon fils de 13 ans qu'il est aussi chez moi. C'est une résistance perpétuelle face à ses incessantes tentatives pour s'approprier tout l'espace », témoigne une mère. Une autre enchaîne : « Mon fils de 5 ans parle fort et tout le temps. C'est un harcèlement continuel. Il veut toujours être au centre, ne veut pas entendre ce qu'on lui dit, répète en boucle ses demandes, fait du chantage, n'accepte pas le refus…

Des cours d'éducation parentale sont ouverts pour tous les parents concernés, renseignements et inscriptions sur le site :

www.parentepuise.com # PARENTÉPUISÉ »

- Antoine : Qu'est-ce que tu en dis ? J'en connais quelques-uns qui auraient bien besoin de ce cours ! (Voilà un article fort intéressant, que je collerai demain midi, dans les cahiers de liaison des énergumènes !)
- Lisa : Complètement d'accord avec toi ! Mais qu'est-ce que tu as marmonné dans ta barbe en dernier ? Je n'ai rien compris.
- Je n'ai rien marmonné, tu entends des voix. (Aie ! Je devrais peut-être lui dire que je suis Monsieur J.)

- Mes oreilles vont très bien et j'entends parfaitement.
- Ok, tu as gagné, j'ai marmonné. Voilà, tu es ma meilleure amie, depuis toujours, donc tu peux garder un terrible secret ? N'est-ce-pas ?
- Si tu me poses cette question, c'est que tu n'es pas sûr de moi. Depuis quelques temps, tu es un peu distant pendant les récréations, et pas très bavard le matin. Maintenant, je comprends mieux pourquoi. Tu me caches quelque chose. Je pourrais te faire la tête, mais on ne joue pas dans une série débile de Disney Channel, et je suis trop curieuse pour attendre. Alors, vas-y, je t'écoute.

Elle me regardait avec un grand sourire et des yeux d'ange, du genre « tu peux avoir confiance en moi, et j'ai trop hâte de connaitre ton TERRIBLE secret. »

On arrivait devant l'école, donc j'ai ralenti le pas.

- OK, tu as gagné, je te dis tout, approche. Plus près. Je suis Monsieur J, J comme le Justicier de l'école, dis-je en lui murmurant à l'oreille.

Lisa a ouvert de grands yeux, je lui ai fait un clin d'œil, et elle m'a répondu tout bas : « Je ne suis pas étonnée que ce soit toi ! Et moi, je veux bien devenir Mademoiselle L. OK ? »

- Yes ! Cet après-midi, en rentrant de l'école, on file chez moi directement.

Et le soir même, on a mis mon deuxième plan à exécution. Comme dans les films, avec des lettres découpées dans le journal, on a rajouté nos signatures au bas de l'article « Monsieur J et Mademoiselle L. » On a ensuite préparé six photocopies que j'ai cachées dans mon cartable. Lisa a insisté pour s'occuper personnellement du cahier de liaison de Thomas.

- Tiens, mais sois très prudente. Si on se fait prendre la main dans le sac, ce sera un désastre pour tous les deux. Les énergumènes, leurs parents, les maîtresses, la directrice, nos parents … on aura tout le monde contre nous !

- Oui, je sais. Je ferai gaffe. Et ça va me faire du bien d'aider les parents de Thomas à ouvrir les yeux sur leur fils et sur son éducation. Rien n'a changé depuis l'année dernière. Je pense même que plus il grandit, plus son comportement s'aggrave.

  Hier, il a encore insulté tout le monde dans la classe. Je ne peux même pas te dire les gros mots qui sortent de son horrible bouche, c'est trop affreux. Et sa mère lui donne raison, la colère doit s'exprimer, d'une manière ou d'une autre ! Elle, elle casse la vaisselle chez eux, lui il insulte et tape les autres. Et nous, on subit, depuis la maternelle, parce qu'aucun adulte n'arrive à le calmer ou à l'expulser. Et il n'y a pas de mal à transmettre des informations utiles avec une photocopie.

- Oui, les éducateurs spécialisés vont lui expliquer tout ce qui ne se fait pas en société, comme écrire sur les murs et les canapés par exemple !

- Pourquoi tu dis ça ?

- Pour rien.

- Hum ! Encore des cachoteries ? Tiens ! Regarde cette lettre que ma sœur a reçu de La petite souris le week-end dernier, c'était pour sa première dent de lait ! Je te la lis.

Nouméa, le 14 juillet 2016

Ma chère Sofia,

Comme de coutume pour la première dent de lait perdue, je suis passée cette nuit, afin d'échanger ta dent contre une belle pièce toute neuve. Mais à cause de l'état de ta chambre, je n'ai pas réussi à atteindre ton oreiller. Je me suis pris les pattes dans les vêtements et les jouets qui traînent autour de ton lit.

Je reviendrai donc une autre nuit. Peut-être que d'ici là, tu pourrais ranger ta chambre . . .

A très bientôt, je l'espère,

La petite souris.

- Excellente cette souris ! Et ta sœur a rangé sa chambre ?

- Oh que oui ! C'était nickel en une heure, plus un jouet par terre !

Notre mission de Justiciers de l'école fut accomplie au plus vite.

L'après-midi suivant, nous étions prêts du bureau de Mme Molène, en charge de la vente des barres de céréales de la recréation. Un seul parent était là, avec le cahier de liaison dans les mains. C'était le père de Thomas ! Je suppose que les autres ont trouvé l'article intéressant, donc ils ne sont pas venus se plaindre, j'avais visé juste. J'espère qu'ils vont s'inscrire aux cours de l'hôpital public. Il serait temps qu'une Super Nanny leur apprenne à éduquer leurs enfants !

J'ai tendu l'oreille pour entendre ce que disait le père du champion des énergumènes à la directrice :

- Vous avez vu cet article ? Il a été collé hier dans le cahier de mon fils.

Mme Molène lisait la page, quand elle s'arrêta pour nous dévisager. Elle avait senti que je l'observais avec insistance. Puis elle a mis le doigt sur la signature : « Monsieur J. et Mademoiselle L. » et s'est adressée à moi :

- Rappelle-moi ton nom et ton prénom ?

- De Montesquieu Antoine, Madame la Directrice.

- Et ta copine ?

- Julien Lisa, Madame la Directrice.

Oh nooooooooon ! Je n'avais pas pensé à ça : Julien Lisa ! Monsieur J., Mademoiselle L. Ce sont les initiales de Lisa ! J. L. Mais que suis-je bête !!! On court à la catastrophe avec mes bêtises !

Lisa ne se doutait pas de ce qui se passait dans son dos. Elle continuait la vente des barres de céréales, avec la plus grande implication, faisant passer les enfants un par un, éliminant ceux qui bousculaient la file d'attente ou doublaient, et refusant d'en vendre plus de deux par élève, surtout aux enfants en surpoids. Elle leur disait de surveiller leur alimentation, une vraie petite maman !

Mme Molène, quant à elle, n'en avait pas perdu une miette. À voir le comportement de Lisa, sa manière de faire la morale pour trois barres de céréales, elle était maintenant persuadée d'avoir mis la main sur l'auteure des mots anonymes dans les cahiers de liaison.

Et ce qui devait arriver arriva. Elle demanda au père de Thomas de lui confier le cahier de liaison, ce qu'il fit, en ajoutant :

- Si vous retrouvez l'auteur, remerciez-le de ma part !

Mme Molène ouvrit de grands yeux de chouette en pleine nuit !

- Oui, vous avez bien entendu. Remerciez-le. Je vais emmener ma femme à ces ateliers, même si elle s'y opposera. Elle en a bien besoin. Thomas la persécute à la maison et elle ne s'en rend pas compte. Elle lui trouve toujours des excuses.

Le père de Thomas avait à peine tourné les talons que Mme Molène invita Lisa, seule, dans son bureau.

De retour à mon bureau, l'attente m'était insoutenable. Je regardais sans cesse par la fenêtre, pour guetter sa sortie lorsqu'elle rejoindrait sa classe. Est-ce qu'elle était harcelée de questions ? Menacée ? Expulsée de l'école pour un article collé dans un cahier ?

Mme Molène l'a gardée pendant une heure et demie au total ! Il m'a fallu attendre la sortie des classes pour obtenir des réponses. Je l'ai retrouvée devant l'école. Elle semblait très fière d'elle.

- Alors, ça va ?

- Tu ne vas pas en croire tes oreilles. Mme Molène est parfaitement d'accord avec ce qu'on a fait, et nous avons *carte blanche* pour continuer, dès lors que nous ne sommes pas insultants envers les parents !

- Tu as avouée ? Mais tu es dingue !

- Mme Molène a tout compris, elle savait très bien que c'était nous. Tu écoutais trop attentivement sa conversation devant son bureau. Elle m'a dit qu'on est les plus intelligents de l'école, que nous pouvons faire changer les choses, qu'elle ne peut pas, elle se ferait renvoyer si elle donnait des conseils d'éducation aux parents ! Et tiens-toi bien ! Le père de Thomas nous félicite. Par contre, on ne doit en parler à personne. Toute cette affaire restera ultra secrète.

7 CARTE BLANCHE

Le lendemain, pendant la récréation du matin, nous avons tous les deux été invités dans le bureau de Mme Molène.

Les autres élèves nous regardaient, l'air étonné, du genre « Qu'est-ce qu'ils ont fait ? »

On s'est assis. Il y avait des brochettes de fruits sur la table de réunion.

- Vous avez faim ? Servez-vous les enfants.

- Merci, Madame la Directrice.

On se regardait comme si on était dans un film fantastique.

Sur un ton très *solennel*, elle nous expliqua :

- Les enfants, ce que vous avez osé faire est héroïque, génial, grandiose ! Thomas est notre pire cas de l'école. Sa mère et son père ne sont pas d'accord sur la manière d'éduquer leur enfant. Du coup, il en profite et fait tout pour attirer l'attention sur lui.

  À l'école, nous sommes tous impuissants face à cette situation.

  Notre hiérarchie nous interdit d'écrire tout ce qu'il fait pour le rapporter à ses parents. Notre directrice craint que la situation ne s'empire, la mère de Thomas étant fortement susceptible et ayant des idées très arrêtées sur l'éducation des enfants. Elle pense être sur le droit chemin. Nous savons que cet enfant court vers un avenir catastrophique, sans barrières de sécurité. Et s'il n'y avait que Thomas ! Mais non, d'autres enfants nous posent de gros soucis. Comme vous le savez déjà à en lire vos mots dans les cahiers de liaison.

Elle me regarda droit dans les yeux pendant qu'elle marquait une longue pause pour choisir ses mots avec précision, et reprit son discours :

- Jusqu'à la fin de l'année, on va donc innover, grâce à vous et vos messages anonymes. Si vous le voulez bien. Votre mission, sera de noter tout ce que les cas de l'école font, en classe et dans la cour, et vous en informerez leurs parents, toujours selon le même mode opératoire. Voilà, vous savez tout. Alors ? Qu'en pensent Monsieur J. et Mademoiselle L ?

Je terminais d'avaler un morceau de pastèque bien fraîche, déglutissais, et regardais Mme Molène, *éberlué*. Lisa me fit un oui de la tête.

- Madame Molène, c'est avec un GRAND honneur que nous acceptons cette mission. On commence dès aujourd'hui.

Et c'est ce qu'on a fait, tous les jours, jusqu'aux grandes vacances. Les parents ont su toutes les âneries de leurs enfants à l'école. On était des agents secrets, des révélateurs de vérité, des justiciers anonymes. Le comportement de Thomas et des autres énergumènes s'est-il amélioré ? Pour certains, oui. Saturne est devenu plus propre, Zlatan moins violent, mais toujours turbulent, et Thomas dérangeait toujours la classe. C'était un cas à part, un cas désespéré. Peut-être que sa mère n'est jamais allée aux cours d'éducation parentale. Bon, on ne s'attendait pas à un miracle non plus ! Sa dernière bêtise de l'année: se mettre la main dans le slip, puis courir vers les autres enfants pour les toucher ! Quelle horreur !

Et l'année prochaine, il faudra recommencer, parce que d'autres énergumènes arriveront dans l'école. Mais pour l'heure, c'étaient les vacances scolaire ! Je partais en France avec mes parents, ma petite sœur et Mémé Léa. On allait skier. Enfin, j'allais apprendre à skier ! C'était la première fois que je toucherai, mangerai, me roulerai dans la neige !

VOCABULAIRE (dans le contexte de ce livre)

Endémique : Une espèce endémique est une espèce (animale ou végétale) présente naturellement sur un territoire donné, même si elle a été ensuite plantée ou déplacée dans le monde entier.

L'exaltation : État de surexcitation

Nipponne : Qui est originaire du Japon.

Un tyran : Personne excessivement autoritaire qui abuse de son pouvoir.

Démissionnaire : Qui n'assume plus ses fonctions, son rôle, son travail.

Interventionniste : Qui intervient sans arrêt, se mêle de tout.

Ingérence : Fait d'intervenir dans les affaires des autres.

Des mots cinglants : Des mots qui font mal, qui blessent.

Avoir carte blanche: Etre libre d'agir dans un domaine.

Eberlué : Etonné.

Un ton solennel : Un ton grave.

VANESSA NICOL

Les énergumènes

Je m'appelle Antoine, et je l'attends !

Autres ouvrages de la même collection

Si la cruauté entre enfants et adolescents a toujours été tolérée, voire perçue par certains parents comme un mal qui forgerait le caractère des victimes, est-elle innée ou simplement un problème d'éducation ? Les enfants cruels envers les autres peuvent-ils agir en toute impunité de nos jours, plus que par le passé ?

La cruauté de Thomas est pulsionnelle. Il a envie de quelque chose, il le prend. Il a envie de frapper, il frappe. Ses envies semblent irrépressibles. Sans l'aide des adultes, il n'a aucune possibilité d'évoluer. Et dans son cas, ses parents le confortent dans l'expression de son agressivité envers ses camarades depuis la maternelle. Sans l'aide précieuse des parents, le combat semble être perdu d'avance.

Ce ne sont pas des leçons de morales ponctuelles qui vont profondément changer son sentiment de toute-puissance sur les autres. Tout est ici question d'éducation, car on ne naît pas civilisé, on le devient. Thomas ignore les règles de vie en société. Et il ne pourra les découvrir seul ou les appliquer par mimétisme. En effet, un enfant de cet âge est trop centré sur lui-même. Or, l'école est son premier lieu de socialisation. Et si les enseignants s'essoufflent à les lui enseigner, cela ne peut suffire, ils doivent lui imposer de les respecter et le sanctionner s'il les transgresse, ce qu'ils font systématiquement. Avec des parents plus à l'écoute de l'équipe éducative, la capacité de Thomas à vivre avec les autres aurait pu évoluer favorablement. Alors que faire face à une mère qui se conforte dans son mode éducatif, même à en être elle-même le principal dommage collatéral ? Sans adapter notre système éducatif aux enfants et aux parents d'aujourd'hui, pas grand-chose, car Thomas est loin d'être un cas isolé, il en existe plusieurs dans chaque école.

Comme l'a souligné l'ancien Ministre de l'Education nationale, Luc Ferry, en mars 2016, « nos enfants sont mal élevés, c'est le problème de fond ! Lorsque l'éducation n'a pas précédé l'enseignement, quand les parents n'ont pas fait leur boulot, l'enseignement devient impossible. » Si Thomas est sans doute le principal affecté, les autres enfants et ses enseignants successifs sont également en souffrance face à une situation insolvable sans l'aide indispensable des parents.

Vanessa Nicol

À PROPOS DE L'AUTEUR

Professeure des écoles, auteure d'ouvrages et de jeux pédagogiques depuis 2005, co-fondatrice et directrice d'une école maternelle privée (2007-2009), conseillère en politique éducative en Nouvelle-Calédonie (2009-2015), fondatrice de Prépa concours en 2016, présidente de l'Aide aux jeunes diabétiques Nouvelle-Calédonie.

Collection ***Prépa concours Education***

Collection ***Prépa concours Administration***

L'enseignant malgré lui – Education Think Tank

Les énergumènes est son premier roman jeunesse.

www.prepa-concours.nc

Entre les insolents, les sans-gênes et les violents, ta classe est un enfer ! Comme toi, Antoine n'en peut plus !

Dans cette seconde novelle de la collection « Expressions d'énergumènes », les enfants nous racontent l'école d'aujourd'hui avec beaucoup d'humour et de vérité, sans mâcher leurs mots.

Après une rentrée catastrophique en CE2, Antoine décide de résister aux énergumènes de son école, par tous les moyens dont son imagination sera capable…

Idéal pour les jeunes lecteurs, entre 7 et 12 ans.

Collection « Expressions d'énergumènes »

Tome 1

« Je m'appelle Antoine, et je l'attends ! »

Tome 2

« Antoine, le justicier »

Tome 3

"Antoine, au bout du monde !"

www.ingramcontent.com/pod-product-compliance
Lightning Source LLC
LaVergne TN
LVHW010435230826
846092LV00009BA/1166

9791096732067